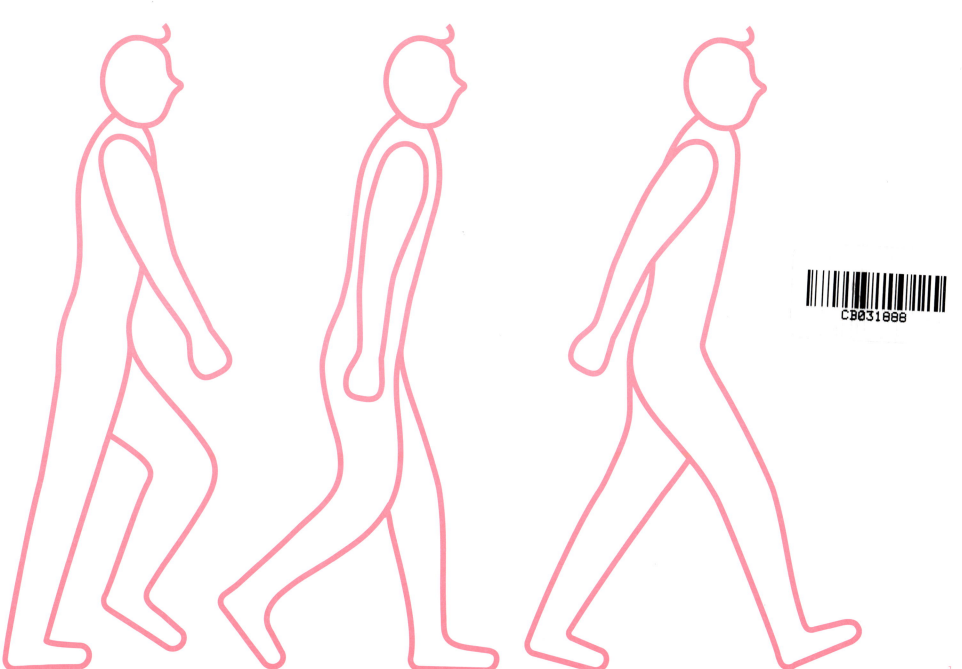

O CAMINHO SE FAZ AO CAMINHAR.
Ditado popular

© Editora do Brasil S.A., 2022
Todos os direitos reservados

© Romana ROMANYSHYN e © Andriy LESIV

Direção-geral: **Vicente Tortamano Avanso**
Direção editorial: **Felipe Ramos Poletti**
Gerência editorial: **Gilsandro Vieira Sales**
Gerência editorial de produção e design: **Ulisses Pires**
Edição: **Paulo Fuzinelli**
Assistência editorial: **Aline Sá Martins**
Apoio editorial: **Maria Carolina Rodrigues, Suria Scapin e Lorrane Fortunato**
Supervisão de design: **Dea Melo**
Edição de arte: **Daniela Capezzuti**
Supervisão de revisão: **Elaine Silva**
Revisão: **Andréia Andrade**
Supervisão de controle de processos editoriais: **Roseli Said**

Publicado originalmente em 2020 sob o título "Куди і звідки" por Vydavnytstvo Staroho Leva (The Old Lion Publishing House), Lviv, Ucrânia.

A tradução para o português foi feita a partir da versão em inglês.

1ª edição / 1ª impressão, 2022
Impresso na Ricargraf

Rua Conselheiro Nébias, 887
São Paulo, SP - CEP: 01203-001
Fone: +55 11 3226-0211
www.editoradobrasil.com.br

Dados Internacionais de Catalogação na Publicação (CIP)
(Câmara Brasileira do Livro, SP, Brasil)

Romanyshyn, Romana
   Em movimento / Romana Romanyshyn e Andriy Lesiv ; ilustrações dos autores ; traduzido do inglês por Leo Cunha. -- São Paulo : Editora do Brasil, 2022. -- (Cometa literatura)

   Título original: On the move
   ISBN 978-85-10-08703-2

   1. Literatura infantojuvenil 2. Transportes - Literatura infantojuvenil I. Título II. Série.

22-100842   CDD-028.5

Índices para catálogo sistemático:

1. Literatura infantil   028.5
2. Literatura infantojuvenil   028.5

   Maria Alice Ferreira - Bibliotecária - CRB-8/7964

EM MOVI MENTO

Romana ROMANYSHYN
e Andriy LESIV

Tradução de Leo Cunha

Brasil, 2022

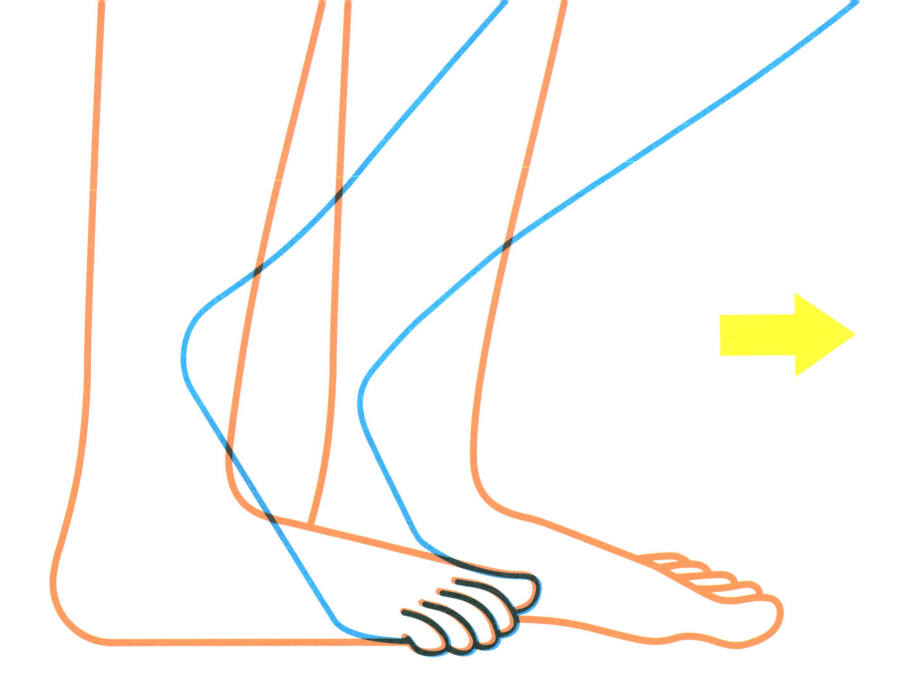

TODA JORNADA COMEÇA COM O PRIMEIRO PASSO.

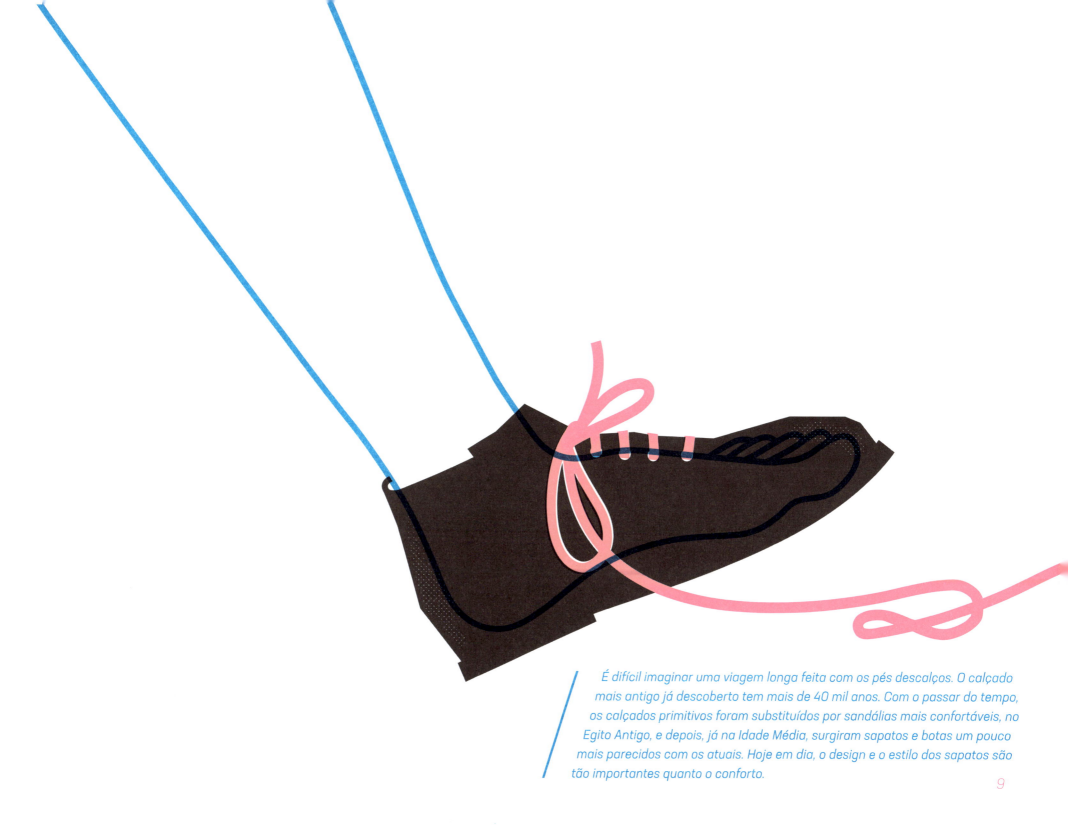

É difícil imaginar uma viagem longa feita com os pés descalços. O calçado mais antigo já descoberto tem mais de 40 mil anos. Com o passar do tempo, os calçados primitivos foram substituídos por sandálias mais confortáveis, no Egito Antigo, e depois, já na Idade Média, surgiram sapatos e botas um pouco mais parecidos com os atuais. Hoje em dia, o design e o estilo dos sapatos são tão importantes quanto o conforto.

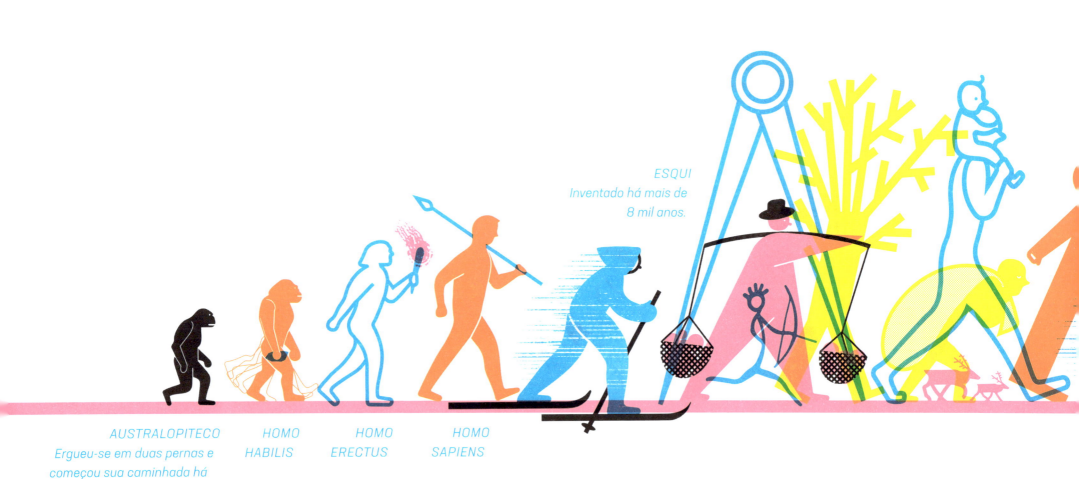

AUSTRALOPITECO
Ergueu-se em duas pernas e começou sua caminhada há 4 milhões de anos.

HOMO HABILIS

HOMO ERECTUS

HOMO SAPIENS

ESQUI
Inventado há mais de 8 mil anos.

PASSO A PASSO, NOSSA JORNADA JÁ DURA MILHARES DE ANOS.

CANOA
Inventada há cerca de 10 mil anos.

A África é a terra-mãe da humanidade. Foi onde os humanos evoluíram e passaram a maior parte de sua existência na Terra. Os humanos modernos (Homo sapiens) começaram a migrar da África para outros continentes há cerca de 120 mil anos, e possivelmente antes disso, segundo novas pesquisas.

Os primeiros humanos viajavam por diversos motivos, como desastres naturais, mudanças climáticas e escassez de alimentos.

NÔMADE
É uma pessoa que se desloca de lugar em lugar, sem fixar moradia.

11

SOBRE DUAS, QUATRO, QUARENTA.
POR TERRA, PELA ÁGUA, PELO AR.

Nada no Universo fica completamente parado. O movimento é uma coisa natural: a Terra, a água, a atmosfera e até mesmo os continentes estão em constante movimentação. Afinal de contas, o Universo inteiro não para de se expandir.

LOCOMOÇÃO

Pessoas e animais usam alguns movimentos para se deslocar de um lugar para o outro. Existem muitas formas de locomoção, como: correr, nadar, pular, voar, deslizar e rastejar.

BRAQUIAÇÃO

Método de locomoção de animais que se movem com o auxílio das mãos. É assim que o gibão, o macaco-aranha e outros primatas se balançam nos cipós ou saltam de galho em galho.

13

RODA
Inventada há cerca de 6 mil anos.

CANSADO DE CAMINHAR?

ESCOLHA UM MEIO DE TRANSPORTE!

A invenção da roda e dos transportes sobre rodas permitiu viagens mais fáceis, mais rápidas e para mais longe. As primeiras rodas foram fabricadas nas regiões do Oriente Próximo e da Europa Oriental.

BICICLETA
Mais popular meio de transporte da atualidade. Foi inventada em 1817, quando o barão alemão Karl Drais construiu um "cavalo de madeira" sobre duas rodas. O veículo foi patenteado com o nome "draisiana" em homenagem a seu inventor.

ROTA DA SEDA
O mais conhecido conjunto de rotas comerciais da China até a Europa e o Mediterrâneo remonta ao século II a.C. Seda, porcelana, especiarias, papel e muitos outros produtos eram transportados por essas rotas.

CAMPANHAS MILITARES
Desde sempre, exércitos montam operações com o objetivo de conquistar novos territórios e subjugar outros povos. Tais campanhas eram comandadas por chefes e líderes militares. Entre os mais famosos, estavam: o Imperador Amarelo; o faraó Tutemés III; Alexandre, o Grande; Aníbal Barca; Átila, o huno; Genghis Khan e Napoleão Bonaparte.

Pessoas partem em viagens com os mais variados objetivos, como negociar, conquistar ou explorar o que há de novo e desconhecido.

ALÉM DAS MONTANHAS, ALÉM DOS MARES, ALÉM DOS HORIZONTES

HERÓDOTO — Antigo historiador e viajante grego, que viveu e viajou no século V a.C. Com base no que viu e também em relatos de testemunhas oculares, ele foi o primeiro a criar um mapa descritivo do mundo habitado.

XUANZANG — Monge budista que, no ano 629, partiu em peregrinação da China à Índia. Em sua grande mochila, ele levava textos sagrados.

Sofia YABLONSKA — Viajante ucraniana que, nos anos 1930, partiu de Paris para uma viagem ao redor do mundo. Escreveu relatos de viagem, fez reportagens de fotojornalismo e documentários.

Robyn DAVIDSON — Viajante australiana que, em 1977, percorreu 2700 km nos desertos de seu país na companhia de quatro camelos, chamados Dookie, Bub, Zeleika, e Golias, além de seu cão Diggity.

RUMO AO DESCONHECIDO, EM BUSCA DE SEU PRÓPRIO CAMINHO.

EXPEDIÇÃO
É uma jornada destinada a descobertas científicas ou a pesquisar e recolher informações.

CHEGANDO A NOVOS LITORAIS.

MARINHAGEM
Navegar é uma das formas mais antigas de viajar. A curiosidade humana e a gana por descobertas impulsionaram as pessoas a embarcar em longas e perigosas jornadas pelos mares. A ciência da navegação nasceu e se desenvolveu com as viagens marítimas.

/ FENÍCIOS, CARTAGINESES E GREGOS
Eram marinheiros habilidosos do Mar Mediterrâneo, já no século II a.C.

/ Os VIKINGS foram marinheiros e pioneiros insuperáveis. Em 985, Bjarni Herjólfsson chegou de barco ao litoral da América do Norte, e, em 1001, Leif Erikson tornou-se o primeiro europeu a pôr os pés no continente. Erikson batizou aquela terra de Vinland.

/ A ERA DAS DESCOBERTAS
Período histórico entre meados dos séculos XV e XVII, quando navegadores europeus descobriram rotas marítimas para novas terras.

21

ENQUANTO ISSO, ALGUÉM VELEJA PARA LONGE DE SUA TERRA NATAL.

EMIGRANTE
Pessoa que vive em um país estrangeiro.

REFUGIADO
Pessoa que deixou sua terra natal por correr risco de vida.

MIGRANTE
Pessoa que permanece no próprio país, mas deixa seu lar devido a conflitos armados, ocupações, violação de direitos humanos, desastres naturais ou em busca de oportunidades.

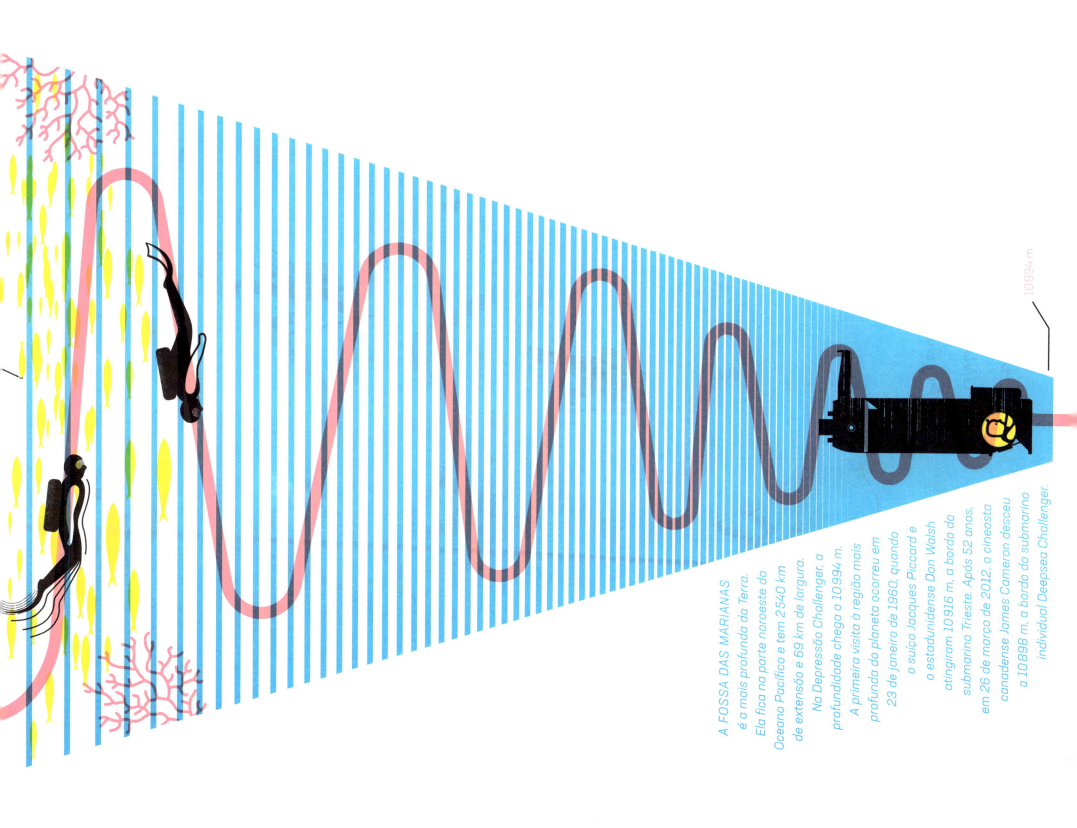

DECOLAMOS CÉU ADENTRO E ALCANÇAMOS OS CANTOS MAIS REMOTOS DO PLANETA.

O PRIMEIRO VOO TRIPULADO num avião motorizado foi realizado pelos irmãos Wilbur e Orville Wright, em 1903.

O PRIMEIRO VOO SUPERSÔNICO aconteceu em 1947. O piloto de testes estadunidense, Chuck Yeager, quebrou a barreira do som pela primeira vez no avião BELL X-1.

VIAJAR DO OESTE PARA O LESTE É MAIS RÁPIDO do que percorrer a mesma distância no sentido contrário. A Terra roda em torno de seu eixo, do oeste para o leste, e sua atmosfera se move junto. Um avião voando em direção ao oeste precisa superar a resistência do ar que se move para leste, por isso o voo dura mais. É como andar contra o vento: é mais difícil do que quando o vento sopra às nossas costas.

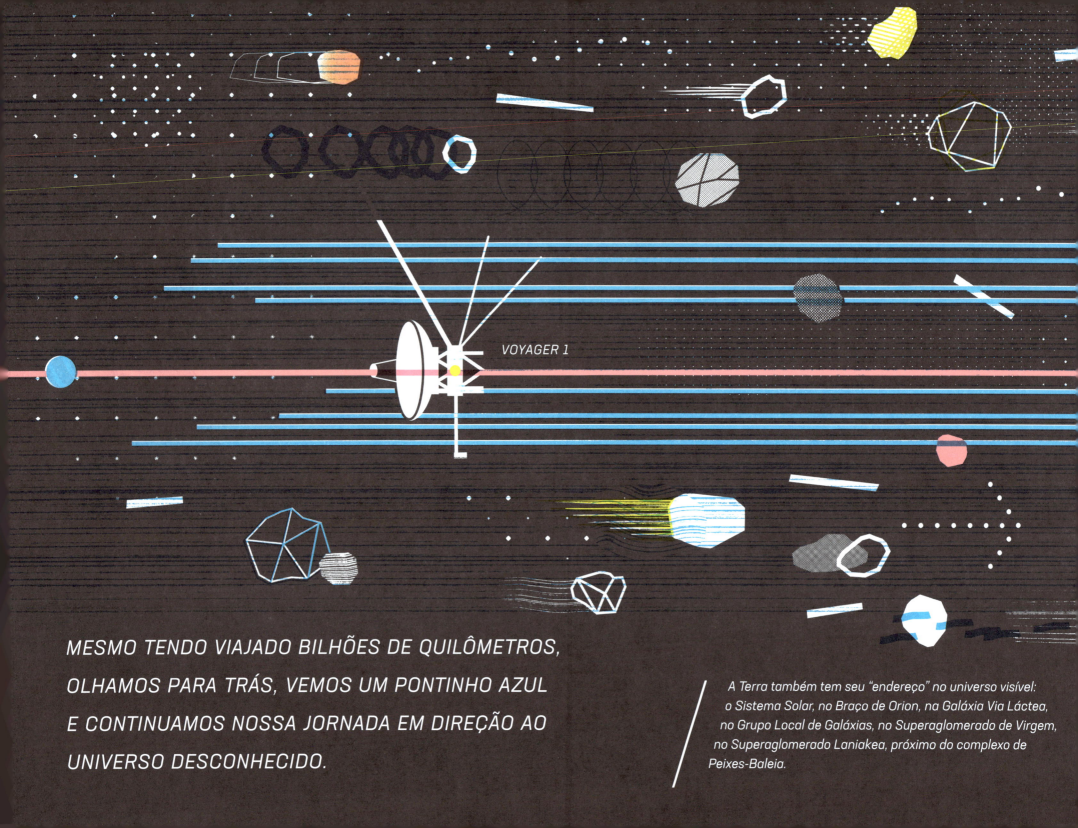

MESMO TENDO VIAJADO BILHÕES DE QUILÔMETROS, OLHAMOS PARA TRÁS, VEMOS UM PONTINHO AZUL E CONTINUAMOS NOSSA JORNADA EM DIREÇÃO AO UNIVERSO DESCONHECIDO.

A Terra também tem seu "endereço" no universo visível: o Sistema Solar, no Braço de Orion, na Galáxia Via Láctea, no Grupo Local de Galáxias, no Superaglomerado de Virgem, no Superaglomerado Laniakea, próximo do complexo de Peixes-Baleia.

VOYAGER-1
A mais veloz sonda espacial já criada pela humanidade, e também a de maior alcance. Penetrou no espaço interestelar, na velocidade de quase 17 km/s. Em cerca de 300 anos, alcançará a nuvem de Oort e dali continuará sua jornada - possivelmente eterna.

VIAGEM NO TEMPO
Stephen Hawking propôs que imaginássemos um trem de passageiros de alta velocidade viajando ao redor da Terra e acelerando gradualmente até atingir 99,99% da velocidade da luz. A tal velocidade, o trem rodaria o globo sete vezes por segundo. Para os passageiros, à medida que o trem acelera, o fluxo do tempo desacelera lentamente. Se para os observadores na Terra o trem viajasse 100 anos, para os passageiros somente uma semana se passaria. Assim, em 7 dias, os passageiros viajariam 100 anos para o futuro.

QUANDO TUDO GANHA VELOCIDADE, É IMPORTANTE NÃO SE PERDER.

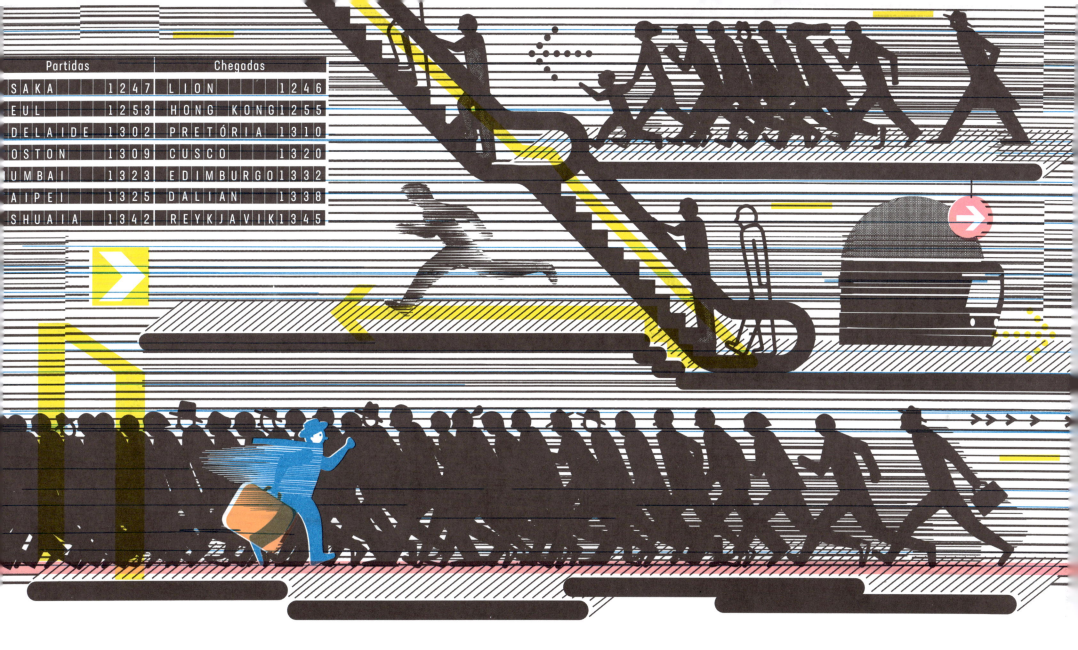

JET LAG
Quando alguém cruza rapidamente diversos fusos horários, seu relógio biológico fica perturbado, o que pode provocar fadiga, sonolência e tontura. São necessários alguns dias para recuperar sua disposição no novo local.

MOBILIDADE
É a habilidade de se mover fácil e rapidamente, para mudar de lugar, sem se sentir preso a um local.

DESACELERAR, OLHAR AO REDOR E PARAR PARA RECUPERAR O FÔLEGO.

ÁLBUM OU DIÁRIO DE VIAGEM
Relato de um viajante sobre sua jornada: os detalhes, o itinerário, a vida e a cultura do país visitado. Viajantes publicam seus diários de viagem em livros ou na internet.

HOTEL
Desde tempos muito antigos, os viajantes precisam de lugares para passar a noite e descansar, quando estão na estrada. Nas antigas Grécia e Roma, albergues e hospedarias cumpriam esse papel. Na Idade Média, mosteiros faziam o mesmo, e no final do século XVIII apareceram os hotéis como os que conhecemos hoje.

EU VIAJO. ASSIM CONHEÇO AS MARAVILHAS DO MUNDO, SEJAM PRÓXIMAS, SEJAM DISTANTES.

THOMAS COOK
Fundador do turismo moderno. Na década de 1860, fundou a primeira agência de viagens em Londres, elaborou itinerários por diversas cidades e países e organizou viagens seguindo essas rotas. Também inventou os traveler's checks e cupons de desconto para hotéis.

TURISMO
São viagens de lazer - para explorar outras culturas, ver marcos naturais e criados pela humanidade, visitar museus e reservas naturais, passear pelas ruas de uma cidade e admirar a paisagem.

A história do turismo data da Antiguidade, no Egito Antigo. Viajar por prazer era sinal de riqueza. As pessoas viajavam para locais famosos ou seguiam rotas descritas na literatura. Uma das excursões mais populares era visitar as Sete Maravilhas do Mundo.

CAMINHO DE SANTIAGO — Leva à cidade espanhola de Santiago de Compostela. Peregrinos têm percorrido essa rota desde a Idade Média.

IGREJA DO SANTO SEPULCRO

MURO DAS LAMENTAÇÕES

CONHEÇO LUGARES ESPECIAIS PARA ONDE A FÉ E O CORAÇÃO LEVAM.

PEREGRINAÇÃO
É a jornada de fiéis até um santuário – importante local religioso.

JERUSALÉM
Local de peregrinação de três religiões globais: cristianismo, judaísmo e islamismo.

MECA
Cidade sagrada na Arábia Saudita, onde fica o principal santuário islâmico, a Caaba. A peregrinação a Meca é conhecida como Haje.

BODH GAYA
Um dos principais locais de peregrinação no budismo. Aqui, ao meditar debaixo de um fícus, o Príncipe Sidarta Gautama atingiu a iluminação e tornou-se Buda.

VARANASI
Cidade na Índia, às margens do Rio Ganges. É um local sagrado de peregrinação para o hinduísmo, o jainismo e o budismo.

EU VEJO LIMITES E FRONTEIRAS COMO LINHAS DE CONTATO.

FRONTEIRA NACIONAL
Uma linha na superfície da Terra que define os limites territoriais de um país. Algumas fronteiras são controladas e só podem ser cruzadas em determinados pontos, ao passo que outras são abertas.

Na fronteira entre as cidades de Derby Line (EUA) e Stanstead (Canadá), foi construído um edifício que abriga tanto a Biblioteca Aberta quanto a Ópera de Haskell. A fronteira está demarcada no piso desse edifício. A entrada da biblioteca fica nos EUA, mas os livros ficam no Canadá. O palco da ópera fica no Canadá e a plateia, nos EUA.

No ponto onde se encontram as fronteiras entre Áustria, Eslováquia e Hungria, há um parque de esculturas, com uma mesa de piquenique triangular, cujos lados se situam cada qual em um país.

A cidade de Baarle fica no limite entre a Holanda e a Bélgica, mas a linha fronteiriça é tão complexa e confusa que a cidade parece um quebra-cabeça. A fronteira é toda marcada por cruzes nas pedras, com indicações de que lado pertence a cada país.

QUANDO ME PERCO, PEÇO ORIENTAÇÕES E CONFIO NAS PLACAS.

O SISTEMA DE COORDENADAS GEOGRÁFICAS é uma rede formada por meridianos e paralelos.

PARALELOS
Linhas imaginárias horizontais que se estendem de forma paralela à Linha do Equador.

MERIDIANOS
Linhas imaginárias verticais na superfície da Terra que passam pelos dois polos.

BÚSSOLA
Instrumento de navegação que indica as direções de acordo com os pontos cardeais – norte, sul, oeste, leste. A bússola magnética foi inventada na China há mais de dois milênios.

VIAJO COM O DEDO EM UM MAPA.
SEI ONDE ESTOU E PARA ONDE VOU.

MAPAS
As pessoas criam mapas há milênios. Considera-se que o mais antigo foi um feito há 27 mil anos, na presa de um mamute, e encontrado no vilarejo de Pavlov, na República Tcheca. O mapa celeste mais antigo, de 16500 anos atrás, foi encontrado nas pinturas da Caverna de Lascaux. Os primeiros mapas-múndi foram criados pelos antigos egípcios, babilônios e gregos.

NAVEGAÇÃO
Orientar-se em um local e encontrar o caminho correto. A navegação desenvolveu-se inicialmente no mar. Os marinheiros se orientavam pelos corpos celestes – as estrelas, o Sol e a Lua. Hoje em dia, a navegação usa dados de geolocalização por satélite, como o GPS.

SAIO DA ROTA, MUDO DE DIREÇÃO E VIAJO LIVREMENTE.

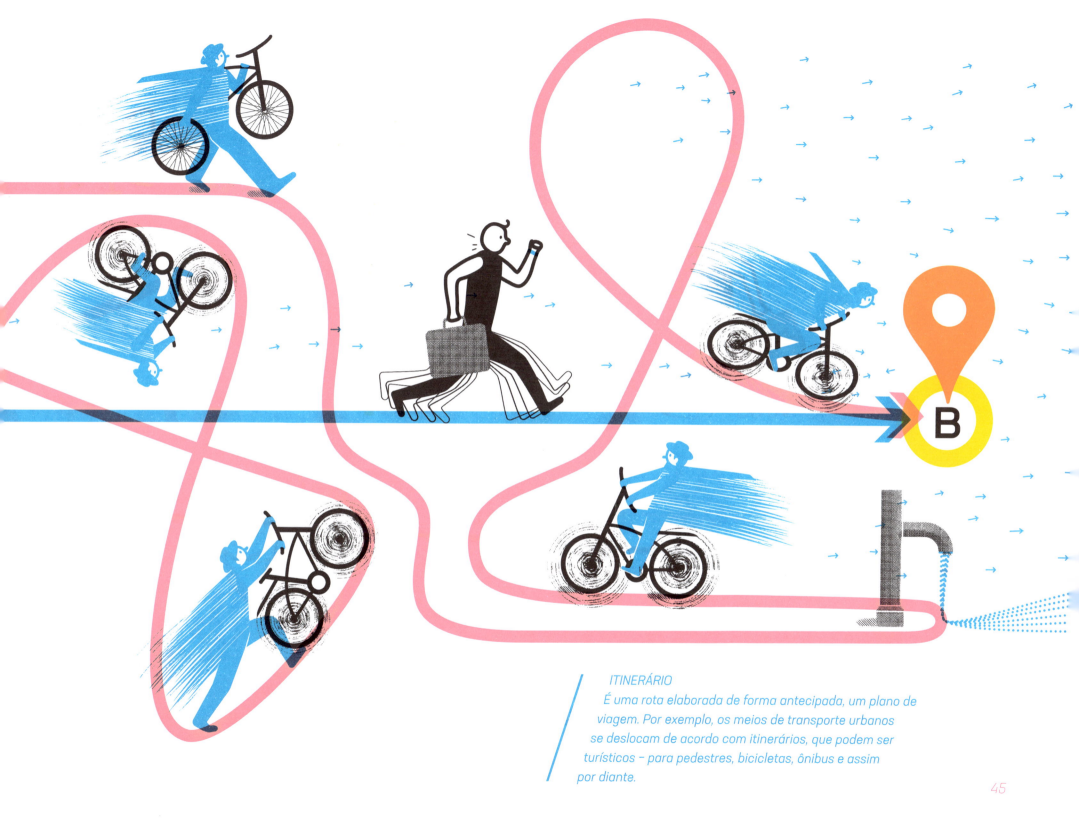

ITINERÁRIO
É uma rota elaborada de forma antecipada, um plano de viagem. Por exemplo, os meios de transporte urbanos se deslocam de acordo com itinerários, que podem ser turísticos – para pedestres, bicicletas, ônibus e assim por diante.

O VENTO E A ÁGUA VIAJAM LIVRES:
IGNORAM LIMITES E NUNCA PARAM.

UMA BOLA DE FENO

O vento e a água carregam sementes por longas distâncias, permitindo que as plantas migrem para outros lugares.

Há muito tempo as pessoas têm aproveitado o poder do vento e da água - por exemplo, quando o vento sopra as velas dos barcos, ou quando a água e o vento impulsionam os moinhos para moer grãos.

Hoje em dia, a energia cinética do vento e das correntes de água é convertida em energia elétrica, graças à invenção das turbinas eólicas e dos hidrogeradores.

HÁ QUEM VIAJE MILHARES DE QUILÔMETROS SEM MAPA NEM BÚSSOLA.

MIGRAÇÃO
É o deslocamento de animais de um lugar para outro, em determinada época do ano. Animais migram por vários motivos: em busca de comida, de acasalamento ou de lugares com clima mais favorável.

PINGUINS-DE-ADÉLIA
Entre todos os pinguins, estes são os que migram para mais longe. Durante o inverno da Antártica, percorrem aproximadamente 13 mil km em busca do sol.

RENAS ou CARIBUS
De todos os mamíferos terrestres, são os que migram para locais mais distantes. Quando o verão se aproxima, rumam para o norte, e quando cai o primeiro floco de neve, retornam para o sul, andando até 5 mil km por ano.

MORSAS
Migram a nado ou deslizando pelo gelo. Percorrem aproximadamente 3 mil km em um ano.

URSOS-POLARES
Podem andar de 30 a 80 km por dia, durante vários dias seguidos. Em média, um urso-polar viaja cerca de mil km por ano.

ELES SE AGRUPAM EM MILHÕES E PARTEM EM PERIGOSAS JORNADAS.

A GRANDE MIGRAÇÃO SAZONAL

É a migração mais numerosa de animais em nosso planeta. Todo ano, nas planícies do Serengeti, na África, os gnus e as zebras começam seu ciclo migratório, percorrendo mais de 800 km em busca de áreas verdes. As duas espécies migram juntas porque gostam do mesmo tipo de grama, mas comem partes diferentes dela.

A BORBOLETA-MONARCA

Todo outono, elas migram da região sul do Canadá para a região central do México, onde ficam até o inverno. Depois, na primavera, voltam para o norte, percorrendo 7 mil km. Porém a vida de uma borboleta é bem mais curta do que a duração de sua jornada. Assim, a migração é completada pela terceira e a quarta gerações das borboletas que a iniciaram.

MESMO CONTRA A CORRENTE, ELES NADAM DE VOLTA PARA O LOCAL ONDE CHEGARAM AO MUNDO.

O SALMÃO
Nasce de um ovo botado em um rio, migra com a corrente até o mar, onde vive por cerca de quatro anos. Depois volta rio acima, contra a corrente, até o local onde nasceu, para fazer a desova.

A ENGUIA
Nasce nas águas mornas no Mar dos Sargaços. Após dois anos, nada em direção às águas frescas dos rios, onde cresce e vive de 10 a 15 anos. Depois volta ao Mar dos Sargaços, onde nascerão os alevinos.

A CORRIDA DAS SARDINHAS
Milhões de sardinhas migram para os mares quentes na costa sudeste da África, no verão. Os cardumes costumam ter mais de 7 km de extensão, mais de 1,5 km de largura e até 30 metros de profundidade.

A BALEIA
É o mamífero que percorre maiores distâncias na migração. No verão, as baleias nadam até águas frias para se alimentar e, no inverno, até águas quentes para parir e criar os filhotes. Em um ano, as baleias chegam a nadar 20 mil km.

SARDINHAS >>>>

ARENQUE

ELES VOAM ENTRE CONTINENTES, EM BUSCA DE CALOR,
MAS LEMBRAM PARA ONDE VOLTAR.

ANDORINHÃO
Passa quase toda sua vida no ar, voando milhões de quilômetros. Ele até se alimenta e dorme enquanto voa.

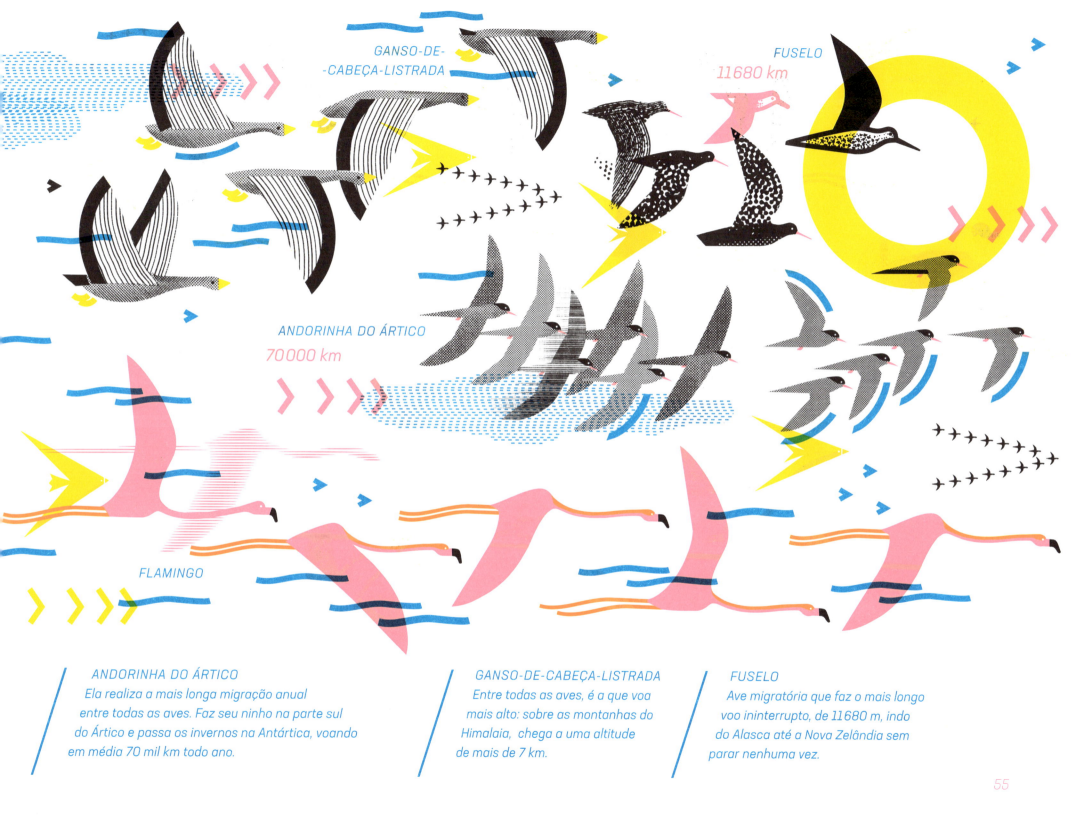

ANDORINHA DO ÁRTICO
Ela realiza a mais longa migração anual entre todas as aves. Faz seu ninho na parte sul do Ártico e passa os invernos na Antártica, voando em média 70 mil km todo ano.

GANSO-DE-CABEÇA-LISTRADA
Entre todas as aves, é a que voa mais alto: sobre as montanhas do Himalaia, chega a uma altitude de mais de 7 km.

FUSELO
Ave migratória que faz o mais longo voo ininterrupto, de 11680 m, indo do Alasca até a Nova Zelândia sem parar nenhuma vez.

MEU CAMINHO SE CRUZA COM O DE OUTROS VIAJANTES.
CADA UM DE NÓS TEM UMA HISTÓRIA SINGULAR.

EU CONTINUO A VIAGEM ATÉ VER AS PAISAGENS CONHECIDAS,
DE ONDE MINHA JORNADA PARTIU E PARA ONDE SEMPRE RETORNO.

MAS NÃO FICO EM CASA POR MUITO TEMPO,
LOGO ME COLOCO DE NOVO EM MOVIMENTO...

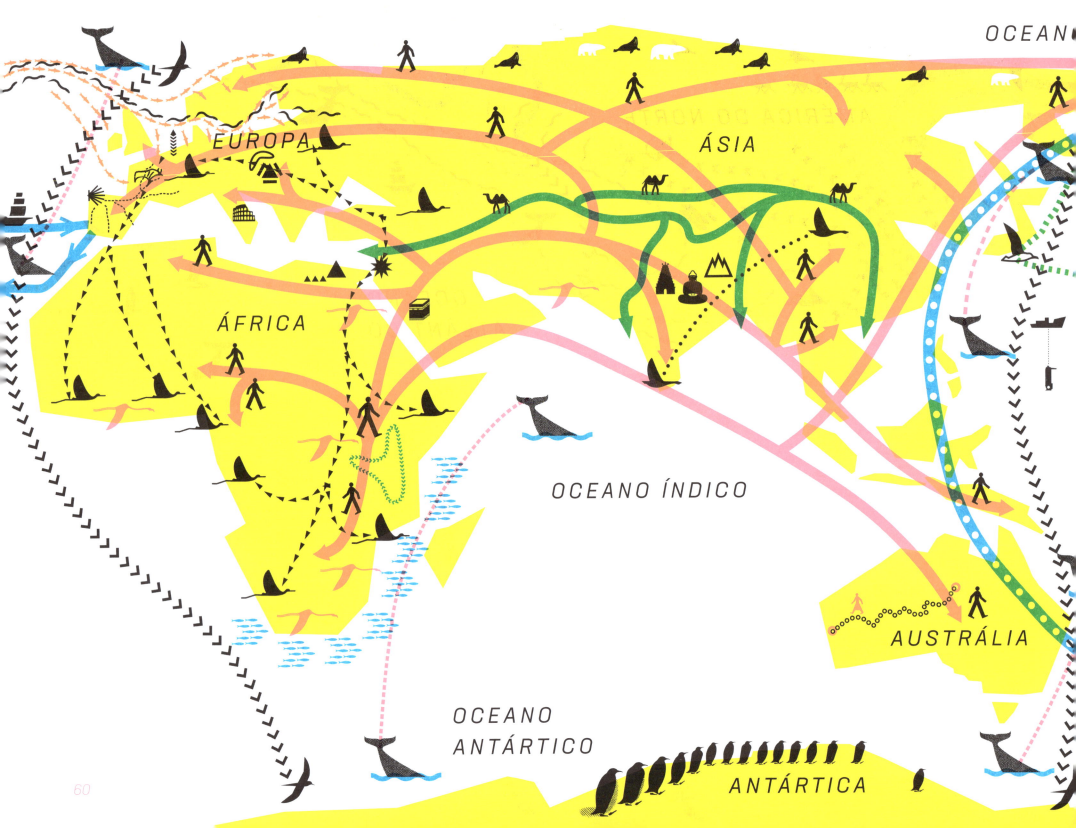

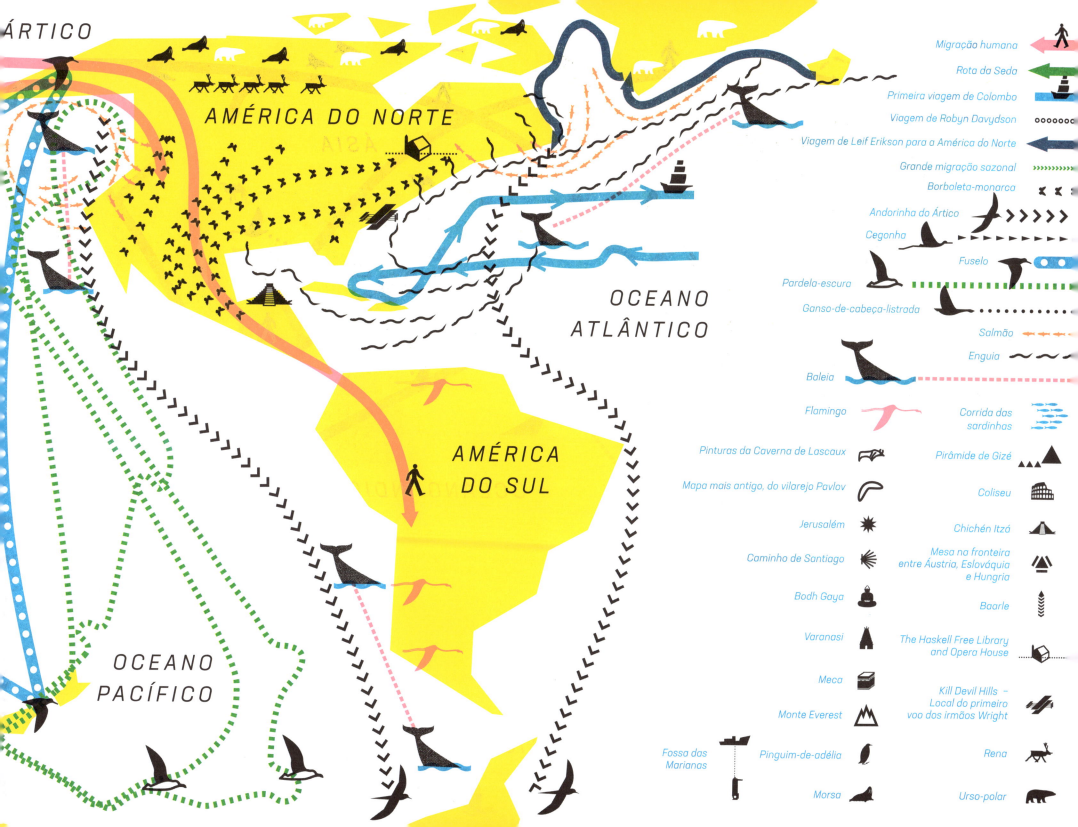

ROMANA ROMANYSHYN E ANDRIY LESIV

Romana Romanyshyn e Andriy Lesiv são autores, designers e ilustradores de livros. Ambos nasceram na Ucrânia em 1984 e atualmente moram e trabalham em Lviv. Depois de se graduarem pela Lviv National Academy of Arts, fundaram o estúdio Agrafka, onde criam ou participam da criação de livros ilustrados para crianças e adultos. Pelo estúdio Agrafka, a dupla recebeu diversas distinções, entre elas o Bologna Ragazzi Award (2014 e 2015, e menção honrosa em 2018), Prêmio Hans Christian Andersen (2019), seleção Biennial of Illustration Bratislava (2017) e menção honrasa, em 2012, NAMI Concours Award (Green Island e Purple Island Awards – 2019, Green Island Award – 2021), medalhas de Ouro (2020) e Prata (2021) no European Design Awards, medalha de Bronze no concurso Stiftung Buchkunst com melhor projeto de livro do mundo (2019), menções honrosas no Sharjah Children's Reading Festival (2015 e 2016), no Global illustration Award (2016, 2017), no White Ravens (2013, 2014, 2016 e 2021) entre outras.

Em movimento, o mais recente livro ilustrado por Romana e Andriy, venceu o Green Island Award no NAMI Concours, na Coreia, em 2021, além de receber medalha de Prata no European Design Awards e menção no White Ravens, neste mesmo ano. Venceu também o Grand Prix, assim como o Concours by Goethe Institute and Book Arsenal, em Kyiv, como "melhor design editorial".

Este livro foi composto com a fonte Neusa Next Pro
para a Editora do Brasil em 2022.

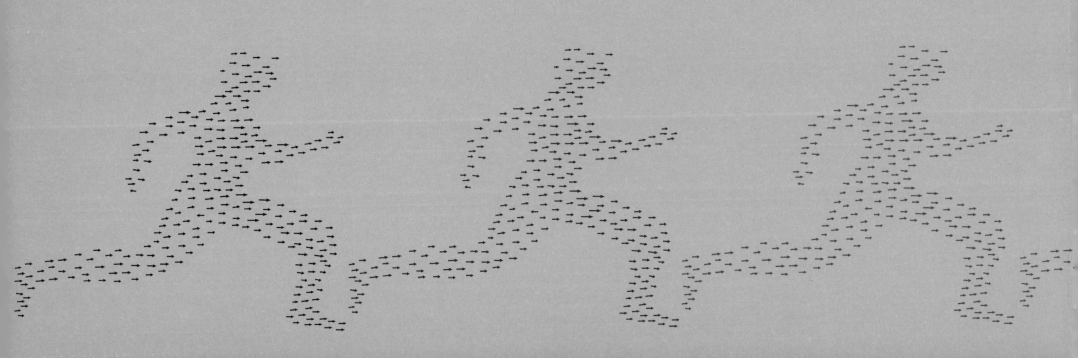